De brief aan het raam

STICHTING NEDERLANDSE
KINDERJURY
1999

CIP-gegevens

Minne, Brigitte

De brief aan het raam / Brigitte Minne; omslag en illustraties Marja
Meijer. - Hasselt, Clavis, 1998. - 64 p. - ill.
ISBN 90 6822 596 0
UDC 82-93 NUGI 220
Trefw.: vakantie, werkloosheid, papa

© 1998 Uitgeverij Clavis, Hasselt
Omslag en illustraties: Marja Meijer

D/1998/4124/069
ISBN 90 6822 596 0

De brief
aan het raam

Brigitte Minne

illustraties Marja Meijer

Uitgeverij Clavis, Hasselt

Inhoud

Vakantie!

Twee maanden niet naar school, denkt Liesbet. Ze gooit haar boekentas in de lucht en vangt hem vrolijk weer op.

Liesbet ziet een steentje op de stoep. "Jij moet mee naar huis," mompelt ze. Ze geeft het steentje een trap. Het rolt voor haar uit.

Pieter, de buurjongen, gaat twee maanden naar Frankrijk. Dat is jammer. Ze speelt graag met Pieter.

Maar Bram, haar neef, komt logeren. Dat maakt veel goed. Hij verzint altijd leuke spelletjes. Soms is Bram wel wat brutaal. Gelukkig heeft Liesbet daar geen last van.

En dan zijn er ook nog de uitstapjes met mama en papa. Een reis zit er niet in dit jaar. Mama en papa hebben net een nieuwe auto gekocht.

"En die kost heel wat meer dan een zak aardappelen," zei papa.

Verrek. Het steentje sukkelt de goot in en rolt in het rioolputje.

Ik mag niet op de voegen lopen, bedenkt Liesbet dan maar. Met muizenpasjes trippelt ze verder.

Aan de overkant van de straat zit een enorme rosse

kater. In zijn vacht zitten geelachtige vlammen. Het is net een minitijger. En wat een snorharen heeft dat beest. Liesbet raakt niet uitgekeken op de kater. Ze vergeet de muizenpasjes. Muizen en katers passen niet goed bij elkaar. En haar gymschoen komt op een voeg terecht.

"Verdorie," mompelt ze. Voor straf moet ik met één voet in de goot lopen, verzint Liesbet nu. Als een manke gans nadert ze de straat waar ze woont.

Vreemd. De auto staat voor de deur. Hoeft papa dan niet te werken? Liesbet lapt de straf aan haar laars. Ze holt naar huis. Ze kijkt wel uit voor mevrouw Bloedneus. Dat is een kasseisteen die wat hoger ligt dan de andere stenen. Een tweede valpartij met bloedneus kan ze missen als kiespijn.

Liesbet rent het tuinpad op.

Met een zwier gooit ze de keukendeur open.

"Tetretet, het is grote vakantie!" gilt ze. Haar hand houdt ze als een trompet voor haar mond.

Geen gejuich. Mama en papa zitten als wassen beelden om de tafel. Ze knikken stug.

Liesbet stopt de trompet in haar broekzak. Hier is iets mis.

"Ga naar je kamer, Liesbet. Papa en ik moeten wat bespreken."

"Wat is er ?" vraagt Liesbet.

"Straks, Liesbet!" zegt mama kordaat.

Liesbet loopt zuchtend de keuken uit. Met een lang gezicht loopt ze de trap op. Haar boekentas slingert ze in een hoek van haar kamer. Met opgetrokken knieën gaat ze op haar bed zitten. Nukkig kijkt ze naar de neuzen van haar schoenen. Allerlei gedachten spoken door haar hoofd. Ze brandt van nieuwsgierigheid.

Liesbet houdt het niet meer uit. Ze wil weten wat er aan de hand is. Niet straks, zoals mama zei. Nu. Meteen. Ze knoopt haastig haar veters los.

Op kousenvoeten sluipt ze naar beneden. De trede die altijd kraakt, slaat ze over. Met ingehouden adem legt ze haar oor tegen de keukendeur. Ze hoort haar eigen hart kloppen. Zouden mama en papa dat ook horen? Nee. Ze praten met gedempte stem verder. Toch kan Liesbet duidelijk horen wat er gezegd wordt.

"Besparen, besparen?" mompelt papa. "Na jaren iemand de laan uitsturen, ja. Het is een echte schande. Wat moet ik doen zonder werk?"

Zo zit dat dus. Papa heeft geen werk meer. Liesbet weet genoeg. Op haar tenen loopt ze terug naar haar kamer.

Van de flaphoed naar de Chinese schotel

Mama is naar het werk gegaan. Het regent. Het is veel te nat om buiten te spelen. Of om naar de hut te gaan. En zonder Pieter is er toch niets aan. Liesbet heeft net cornflakes gegeten. Ze spoelt haar kom om en zet die in het afdruiprek. Papa at niets. Hij dronk alleen maar een kop koffie. En nu zit hij op de bank televisie te kijken. Hij zapt van de ene zender naar de andere. Het beeld floept van een dame met een flaphoed naar een Chinese rijstschotel. Dan naar een roeiwedstrijd en weer terug naar de dame met de flaphoed.

Geeuwend staat papa op. Hij zet de televisie uit. In een hoek van de kamer zit Liesbet met haar blokkendoos. Ze bouwt een middeleeuwse burcht. Papa komt naast haar staan.

"Mooi kasteel," bromt hij.

"Ja, maar de ophaalbrug wil niet omhoog," antwoordt Liesbet met een pruillip.

"Laat eens zien."

Hij gaat op zijn knieën naast Liesbet zitten. Hij probeert de katrol van de brug.

"Die heeft olie nodig," mompelt hij.

11

Hij loopt naar de garage. Even later komt hij terug met een kan olie en een vod. Voorzichtig druppelt hij wat olie op de katrol. De overtollige olie veegt hij er met het vodje af. Liesbet probeert de piepkleine hendel opnieuw. De brug gaat feilloos op en neer.

"Wat knap van je, papa."

Papa haalt zijn schouders op en brengt het kannetje olie terug naar de garage. Dan ploft hij zuchtend op de bank.

Een vreemd luchtje

Terwijl Liesbet de brug laat zakken, loert ze van achter
de kantelen naar papa. Hij steekt een pijp op. Papa
schreef deze week wel twintig brieven. Hij pluist alle
kranten na. Elke ochtend wacht hij de postbode op.
Soms peutert hij nerveus een envelop open. Maar
nooit is er een brief met werk bij. Hij gooit dan mop-
perend de brief op de kast. Daar ligt een hele stapel
van die brieven.

"Je moet meer geduld hebben," zei mama. "Het zijn
moeilijke tijden. Sommige mensen proberen jaren aan
werk te komen. Jij zoekt pas een paar weken en je laat
de moed al zakken."

"Jij hebt makkelijk praten," riep papa bits. "Jij hebt
een baan."

In een paar weken is papa erg veranderd. Vroeger
maakte hij steeds grapjes. Soms stikte Liesbet van het
lachen. De grapjas wist ook altijd wat te doen. Hij vond
dat een dag te kort was. Nu zit hij sjagrijnig voor de
buis. Of hij gaat een blokje om. Als hij dan thuiskomt,
hangt er een raar luchtje om hem heen. Liesbet snapte
niet goed wat voor een luchtje dat was. Mama wel.

13

"Ga je nu ook nog drinken," riep ze boos.

Papa's schouders begonnen toen te schokken. Hij verborg zijn gezicht in zijn handen. Liesbet wist niet wat ze moest doen. Papa huilt bijna nooit.

En opeens wist ze het wel. Ze ging achter hem staan, sloeg haar armen om zijn hals en zei: "Huil maar eens lekker uit." Dat zegt papa ook als zij verdrietig is. En dat deed papa.

Liesbet zag toen dat papa's haar dunner wordt. Hier en daar kon ze zijn hoofdhuid zien. Haar papa wordt kaal.

Toen papa nog werkte, was het fijn. 's Avonds vertelden mama en papa over hun werk en Liesbet over school. En dan lazen ze wat. Of ze keken televisie. Of ze deden een spelletje. Nu wordt er heel weinig gesproken.

Of ja, papa die zegt: "Het was weer niets vandaag."

En mama die zucht: "Ik kan er ook niets aan doen."

Natuurlijk hadden mama en papa vroeger ook wel eens ruzie. Maar nu veel meer. En vaak over dwaze dingen. Mama die vindt dat papa te veel groene zeep gebruikt. Of de was verkeerd ophangt. Of te vette frieten bakt. Papa die zegt dat ze het beter allemaal zelf kan doen. En dat hij dan de hele dag in zijn bed kan liggen. Eigenlijk zei hij niet bed, maar nest.

Een groot kanon

Liesbet weet wie de schuldige is. Papa's baas. Op het sinterklaasfeest heeft ze hem gezien: die stomme dikzak met zijn sigaar. Waarom moest hij papa de laan uitsturen? Liesbet zou het liefst met een breinaald in zijn buik prikken. De sigaar in zijn neus steken. Flinke deuken in zijn dikke Mercedes schoppen. En hem met een kanon naar de maan schieten. Een groot kanon, want die dikzak moet erin kunnen.

Liesbet schuift de burcht in een hoek. De regen tikt nog steeds op de ramen. Straks boetseer ik een paar ridders voor de burcht, denkt Liesbet. Nu ga ik wat puzzelen. Ze loopt naar haar kamer. De zeilboot is al volledig gelegd, maar het strand wil maar niet vlotten. Liesbet probeert een hoop stukjes. Het is om tureluurs van te worden. Alle stukken hebben dezelfde gele zandkleur. Als ze al een klein hoekje gelegd heeft, komt papa binnen. Hij gaat op Liesbets bed zitten. Hij krabt achter zijn oren. Dat doet hij altijd als hij iets wil zeggen. En niet goed weet hoe hij moet beginnen.

"Ik... Euh... Ik ga maar eens een blokje om," mompelt hij.

Een blokje om... Oh nee, denkt Liesbet, dan heb je weer dat rare luchtje. En dan is mama weer boos.

"Je vindt het rot, hè, dat je geen werk hebt," zegt ze heel zacht.

Papa knikt.

"Ik vind het ook erg voor je."

Liesbet peutert onzeker aan de doos van de puzzel. Ze wil iets zeggen, maar durft het niet goed. Misschien wordt papa wel boos. Ze doet het toch.

"Het is jammer dat je geen werk hebt, papa. Maar je hebt nu veel tijd. We zouden samen kunnen fietsen of zwemmen. Iets knutselen. Een dagje naar zee gaan..." Liesbets ogen lichten op. Wat zou ze dat graag doen. En dan schiet haar nog iets te binnen. "Je zou eindelijk eens dat verhaal kunnen schrijven. Toen je nog werkte zei je altijd: de dag dat ik meer tijd heb, schrijf ik een verhaal voor kinderen. En ik maak er tekeningen bij. En nu heb je tijd zat... en..." De rest blijft in haar keel hangen.

"En ik verpruts mijn vrije tijd met nietsdoen," vult papa beschaamd aan.

Liesbet voelt haar wangen gloeien.

"Ja," piept ze.

Papa kijkt haar verrast aan. Alsof hij zijn dochter voor het eerst ziet. Liesbet heeft gelijk, denkt hij. Ik vul mijn dagen met nietsdoen. En knorrig zijn. Ik kan net zo goed iets moois doen met mijn vrije tijd. Eens wat tijd maken voor haar. En ja, waarom niet? Het verhaal schrijven en er een paar tekeningen bij maken.

"Ik zal je goede raad opvolgen," glimlacht hij. Hij staat op en schraapt zijn keel.

Liesbet straalt.

"Heb je zin om morgen naar de dierentuin te gaan?"

En of Liesbet zin heeft. Ze maakt een koprol op haar

bed. "Joepie," juicht ze.

"Prima. Dan leer ik je foto's maken. Er zit nog een film in mijn camera van mama's verjaardag."

"Wat fijn!" joelt Liesbet. Ze maakt nog een paar buitelingen.

"Dan moet ik wel onze fietsen nakijken. Het is een flinke tocht."

Papa duikt meteen de garage in. Hij sleutelt wel een uur aan de fietsen. Hij gaat geen blokje om vandaag.

De koning en de prinses

Papa en Liesbet hotsen over de kasseien. De ochtendnevel hangt in lange slierten boven de velden. Papa
heeft een korte broek aan. Om zijn hals bengelt de
veldkijker.

"Als je naar de vogels wilt luisteren, moet je vroeg
uit de veren," davert papa's stem op de maat van hun
fietsen over de hobbelige weg.

Ze slaan een zandweg in en rijden langs een veld
met hooimijten.

"Waarom maken ze zulke hopen, papa?"

"Als het regent, wordt alleen het buitenste hooi nat."

Dat weet ik dan ook weer, denkt Liesbet. Ze leert
veel sinds ze met papa optrekt. Vorige week in de dierentuin ook al. Hij kende alle dieren. Wat is hij toch
knap!

Ze stoppen bij een enorme boom. Terwijl papa het
fietsslot door beide voorwielen haalt, laat Liesbet haar
handpalm over de schors van de reus glijden.

"Ruige schors," denkt ze hardop. Ze kijkt naar de
kruin. "Gekartelde bladeren... Een eik," besluit ze rots-
vast.

Papa geeft haar een schouderklop.

"Bravo, dat heb je goed onthouden."

Ze wandelen door het bos. Er is geen kat. Of misschien is die er wel. Maar deze kat laat zich in elk geval niet zien. Papa haalt diep adem. Liesbet ook. Een vochtige humuslucht prikkelt hun neus. Met die geur in de neus lopen ze een heel eind. Plotseling blijft papa staan en draait in het rond.

"Hier is het ideaal," zegt hij vastberaden.

Achter het struikgewas hurken ze neer. Voor hen is een open plek waar alleen kreupelhout ligt en varens groeien.

"Luister." Papa's stem heeft iets plechtigs. "Hoor je, tjiftjaf, tjiftjaf?"

Liesbet luistert aandachtig. Ze spitst haar oren. Zodat ze bijna pijn doen. Ze hoort van alles, maar niet tjiftjaf, tjiftjaf. Ze schudt met haar hoofd.

"Probeer eens met je ogen dicht," dringt papa aan.

Met gesloten ogen luistert Liesbet opnieuw. En dan hoort ze het. Tussen al het andere vogelgezang. Heel duidelijk: tjiftjaf, tjiftjaf.

"Ik hoor het," fluistert ze blij. "Ik hoor het."

"Dat is de tjiftjaf, een zomergast," zegt papa met de veldkijker op een beuk gericht.

Dan duwt hij de veldkijker op Liesbets neus.

"Kijk, een pimpelmees."

Een klein, geel met blauw gekleurd vogeltje hangt ondersteboven aan een twijg. Met de veldkijker is het net of je naast het vogeltje zit.

"Het zijn echte acrobaten. Ze halen halsbrekende toeren uit om insecten te vangen," vertelt papa.

"Het heeft witte wangen en een groene rug."

"Goed opgemerkt," prijst papa. Mijn Liesbet heeft echt een neus voor die dingen, denkt hij apetrots.

De ochtendnevel is opgetrokken. Hier en daar priemt een zonnestraal als een lichtende toverstaf door de bomen. Eén toverstaf raakt papa en Liesbet aan. De toverij blijft niet uit. Papa voelt zich een koning. Nee, niet een koning met een nokvolle agenda die linten doorknipt en handjes schudt. Een koning uit een sprookje met een roodfluwelen mantel. En een gouden kroon op zijn hoofd.

"Prinses," zegt hij plechtig. En hij maakt een buiging.

Prinses Liesbet pakt zijn arm. Ze steekt haar neus in de wind. Heel statig loopt ze aan haar vaders zijde. De koning en de prinses komen bij een open plek met een vijver. Een wilde eend komt met haar eendenkuikens aanzwemmen.

"'t Is gedaan met het prinses zijn," roept Liesbet. Ze grabbelt haastig wat brood uit de rugzak. "Ik eet een boterham minder."

Ze trekt kleine plukjes van het brood. Ze gooit de kruimels naar de eendjes. Moeder eend en haar kroost vissen dankbaar het brood op. En de koning kan de eendjes ook al niet weerstaan. Ook een van zijn boterhammen moet eraan geloven.

Jaap

Ze verlaten het bos en hobbelen weer over de zand-weg. Ineens begint papa hard te trappen.

"Wie het eerst bij de hoek is," schreeuwt hij uit volle borst.

Liesbet trapt zo hard ze kan. Haar voeten schieten razendsnel op en neer. Met moeite kan ze haar voeten op de pedalen houden. Bij de hoek remt papa af. Liesbet stuift hem voorbij.

"Wat flauw dat je me liet winnen," hijgt ze pruilend.

"Het was een oneerlijke strijd. Mijn fiets is veel gro-ter. En gisteren heb ik toch gewonnen met domino. Een mens kan niet altijd winnen."

Ze fietsen verder. Het is al laat. Nu komen ook andere mensen naar het bos.

"Alles goed?" klinkt het opeens van de andere kant.

Papa remt. Liesbet knalt bijna tegen zijn fiets aan. Ze springt geschrokken van haar zadel. Een man met een ruitjeshemd steekt de straat over. Lachend loopt hij naar hen toe. Zijn buik piept tussen de knoopsga-ten uit.

"Een zwangere man," gniffelt Liesbet.

"Sst!" sist papa. "Dat is Jaap. We werkten samen."

Terwijl hij dat zegt, knippert hij met zijn ogen. Papa voelt zich niet op zijn gemak.

"Heb je al iets anders?" vraagt de man.

"Nee," antwoordt papa. "Nog niet."

"Het zijn ook moeilijke tijden," zegt Jaap. Hij kijkt alsof hij van een begrafenis komt.

Wat een aansteller, denkt Liesbet.

En dan praat zwangere Jaap aan één stuk door.

"Moet je horen," ratelt hij. "Mijn broer heeft goede diploma's op zak. Hij was jarenlang fabrieksdirecteur. Hij verdiende veel geld. Wat zeg ik? Hij streek elke maand een fortuin op. Grote villa, zwembad, grote auto... Goed, je kent dat wel. Na acht jaar hebben ze hem ontslagen. Van de ene dag op de andere. Zomaar. Nu zijn we drie jaar verder. Hij heeft nog altijd geen werk. En hij krijgt een heel kleine uitkering. Hij moet de eindjes aan elkaar knopen. Dat was een directeur! Stel je voor! Zulke tijden zijn het."

Jaap weet van geen ophouden. Na het verhaal van de broer komen de buurman en een oom aan de beurt. Allemaal zielige mensen die geen werk hebben.

Liesbet ziet papa ineenkrimpen. Alsof Jaap met een onzichtbare sloophamer op zijn hoofd timmert.

Als ik papa's baas naar de maan schiet, prop ik meteen ook Jaap in het kanon, denkt ze nijdig.

Papa staat er als een hoopje ellende bij. En de dag begon zo mooi. Komt die klier het met zijn praatjes allemaal verpesten.

"Veel succes met het zoeken naar een baan," slijmt Jaap dan doodleuk. Hij wuift en loopt door.

"Dank je," murmelt papa.

Liesbet kan het niet geloven. Gaat die pafferige Jaap er zomaar vandoor? Ze zal hem eens een lesje leren.

"Heb jij kinderen?" roept ze met haar hoofd in haar nek.

Jaap draait zich om en kijkt haar verbaasd aan.

"Ja," antwoordt hij. "Waarom wil je dat weten?"

"Die zullen nooit weten hoe het is om een hele vakantie hun papa bij zich te hebben. En samen leuke dingen te doen. Ik wel. Het is zaaaaaaalig," roept Liesbet met een gezicht alsof ze net in een roomsoes beet. En meteen daarna tovert ze een venijnig lachje om haar mond. "Maar ach," flapt ze er dan uit. "Een fietstocht zou toch niet gaan met die dikke buik van je. Na honderd meter ben jij al buiten adem. "

Papa's ogen groeien tot schoteltjes. Hij slikt verbijsterd. Jaaps mond valt open. Je kunt er een balletje ingooien. Hij lacht wrang.

"Grappige dochter heb jij!" roept Jaap en hij beent door.

"Hij vindt me helemaal niet grappig," gniffelt Liesbet.

Papa is sprakeloos. Dan ziet Liesbet dat zijn gezicht op onweer staat.

"Waarom zette jij zo'n brutale mond op?" blaft papa.

Liesbet schrikt. Tranen prikken in haar ogen.

"Omdat Jaap gemeen is."

"Welnee," liegt papa.

"Toch wel," mompelt Liesbet.

"Ik wil niet dat je op die manier praat," zegt papa streng. "Begrepen?"

Liesbet knikt.

Papa's gezicht wordt milder. Hij schraapt zijn keel.

"Ik vind het fijn dat je geniet van je vakantie met mij," fluistert hij. Hij geeft Liesbet een klinkende zoen op haar voorhoofd.

Gratis geitenkaas

Papa en Liesbet zijn Jaap algauw vergeten. Het wordt een zalige dag. Op weg naar huis zien papa en Liesbet een houten pijl. Op de pijl staat: 'verse geitenkaas'.

"Geitenkaas lust ik wel," likkebaardt papa.

Ze volgen de pijl. De zandweg heeft diepe kuilen. Ze zijn met stenen en potscherven gevuld. Het is een hele kunst om hier te sturen. Liesbets knoken zien wit. Zo hard klemt ze haar handen om de grepen van haar stuur.

Ze komen bij een witte boerderij met groene luiken en ontelbaar veel bloembakken met rode geraniums op de vensterbanken. Een man met een rosse baard zeult met twee emmers over het erf.

"We komen voor de kaas," roept papa naar de man.

"Ga maar naar de stal." De man wijst naar een halve deur. "Mijn vrouw is aan het melken."

Er hangt een scherpe geur in de stal. Liesbet wil haar neus dichtknijpen, maar doet het toch maar niet. Je weet maar nooit of die mevrouw het ziet. Een paar geiten zitten met hun kop in een hek vast.

Ze kijken een beetje zielig, vindt Liesbet.

De boerin knijpt fijne straaltjes melk in een teil.

"Pas op dat je niet in een vliegenvanger loopt," waarschuwt ze.

Liesbet loopt in bogen om de kleverige linten.

Ook papa mijdt angstvallig de vieze linten. Hij kijkt zo naar de linten, dat hij met zijn knie tegen een voederbak aanknalt. Hij kreunt en deinst achteruit. Te laat. Achter hem hangt zo'n vliegenvanger. Het kleverige ding plakt in zijn haar. Krampachtig probeert hij het

eruit te trekken. Maar het lukt hem niet.

De boerin en Liesbet staan er beduusd bij.

"Heb je een schaar?" vraagt papa. "Zo krijg ik dat vieze ding er toch niet uit."

De boerin knikt. Ze pakt een schaar die aan een spijker hangt.

"Doe maar," zegt papa dapper.

"Ik ben een boerin; geen kapster," mompelt de vrouw en ze knipt het kleverige spul uit zijn haar.

Papa durft zich niet te bewegen. Muisstil staat hij. Hij wil niet dat de boerin in zijn oor knipt.

Een van de melkgeiten sabbelt aan papa's T-shirt. Ze kauwt er drie flinke gaten in.

"Foei, Liesbet!" schreeuwt de boerin boos.

Liesbet veert op. "Foei? Waarom?" vraagt ze verward.

"Wel, die rotgeit heeft gaten in je vaders T-shirt gebeten."

"Ook dat nog," snauwt papa. En dan barst hij in lachen uit. "Die geit heet ook Liesbet, Liesbet!"

Nu snapt Liesbet het ook. Ze giert het uit. Ze kijkt naar papa's haar. Nu komt ze helemaal niet meer bij. Aan één kant heeft hij alleen nog maar een paar sprieten. Hij heeft iets van een versleten knuffel.

De boerin schiet ook in de lach. Ze geeft papa uit medelijden twee kaasjes cadeau.

Aardappelen in de schil

Voor ze het weten is de dag weer om. Ze fietsen naar huis. Liesbet heeft het duidelijk gezien. Weer slaat papa met zijn handpalm tegen de lantaarnpaal. Die paal staat vlak voor hun huis. Dat doet hij elke keer als hij er langskomt.

"Waarom sla je altijd tegen die paal, papa?"

"Ik... euh... zomaar," stamelt papa.

Papa wipt van zijn fiets en kijkt op zijn polshorloge.

"Potjandorie, we zijn weer laat. Over een kwartier is mama thuis. En we zien er niet uit. Kijk dat stof op mijn benen. Ik ben net een moddervarken."

"En een voddenraper," wijst Liesbet naar zijn T-shirt.

Met een zuur gezicht wrijft papa over zijn haar.

"En een versleten lijmkwast," voegt hij eraan toe.

Ze zetten hun fietsen in de garage en sprinten naar de badkamer.

Ze duiken samen onder de douche. Zo verliezen ze minder tijd.

Papa kamt zijn haar naar achteren met een hele kwak gel erop. Op die manier valt het minder op, vindt hij.

Dan hollen ze naar de keuken. Liesbet wast een krop sla en snijdt tomaten. Papa gooit wat noten in een kom, giet er wat olie over en besprenkelt de sla met citroensap. De geitenkaasjes leggen ze er bovenop. Hij pakt een schaal.

"We koken ze in de schil," zegt papa. "Dat gaat vlugger."

Mama kan haar ogen niet geloven. De gel doet minder wonderen dan papa denkt. Ze slaat haar hand voor haar mond.

"Wat is er met je haar gebeurd?"

"Ik heb het laten knippen," antwoordt papa doodleuk.

"Door een tuinman met snoeischaar?" wil mama weten.

"Nee, door een geitenboerin."

Als Liesbet het hele verhaal doet, moet mama aldoor lachen. Ondertussen serveert papa het avondeten. Het lachen houdt op. Mama kijkt ontzet naar haar bord.

"Eten we alweer aardappelen in de schil? Dat is pas de vierde keer deze week," rekent ze.

Papa knipoogt naar Liesbet.

"Als je de aardappelen schilt, zitten er maar half zoveel vitaminen in."

"Zo is dat, mama," knikt Liesbet heftig.

"En dat de koks er geen werk aan hebben, is mooi meegenomen," meesmuilt mama.

De koks proesten het uit.

"Zo is dat," gillen ze in koor.

August

Na het avondeten plakt Liesbet haar eerste foto's in een album. Het zijn foto's van de dierentuin: een olifant zonder kop, een halve papa naast de leeuwenkooi...

"Oefening baart kunst," troostte papa haar.

Er wordt geklopt.

"Mag ik binnenkomen?" vraagt papa.

"Natuurlijk," lacht Liesbet.

Papa kijkt naar de foto's die kriskras op het bed liggen.

"Ga je ze inplakken?"

"Ja, ik ben volop bezig."

Papa krabt achter zijn oor. Hij wil duidelijk iets kwijt. Liesbet kijkt hem vragend aan.

"Ik heb daarnet gelogen," bekent hij.

"Gelogen?"

"Ja, van die paal. Het is niet zomaar dat ik altijd op die lantaarnpaal klop."

Papa gaat bij het raam staan en tuurt naar buiten. Zo kan hij de paal zien. Liesbet komt naast hem staan.

Papa's stem klinkt vreemd zacht.

"Je weet dat dit huis van opa was. Ik woonde hier

34

ook al als kleine jongen."

Liesbet knikt.

"Mijn allerbeste vriend woonde in het huis een eind verderop. Het huis met het strodak."

Liesbet kent het huis.

"We trokken altijd samen op. Als je mij zag, zag je hem en omgekeerd. We wilden een teken voor onze vriendschap. We verzonnen iets geks. We mochten niet voorbij de lantaarnpaal, zonder er een tikje op te geven. Op een dag..."

Papa's stem wordt nog zachter.

"Het vroor... Alles was wit. Ik was verkouden en moest binnenblijven. Ook het kanaal was dichtgevroren... Maar het ijs was niet overal dik genoeg... Er waren ook dunne plekken... August, mijn vriend, ging met zijn slee het kanaal op... Hij is door het ijs gezakt... Hij was... dood."

Liesbets ogen prikken. Wat een treurig verhaal. Het is mooi van papa dat hij hun teken niet vergeten is. En dat hij nog altijd op de lantaarnpaal slaat.

"Toen hij er niet meer was, heb ik die lantaarnpaal naar hem genoemd: August. Een beetje onnozel, hè?" zegt papa. Hij klinkt als een kleine jongen.

Liesbet pakt zijn hand. Ze vindt het helemaal niet onnozel. Ze kijken samen door het raam naar de lantaarnpaal. Ze zeggen een hele poos niets.

36

"August heeft een vriendin," glimlacht Liesbet dan.

"Een vriendin? Hoe bedoel je?"

"Niet ver van de lant... euh... van August is een kasseisteen die wat uitsteekt. Dat is Mevrouw Bloedneus."

Papa trekt Liesbet tegen zich aan.

"Ik ben er eens over gestruikeld."

"Die keer dat je een bloedneus had?" wil papa weten.

Liesbet knikt.

"Aha, vandaar die naam..." zegt papa.

Rode oortjes

Liesbet slaapt nog als er geschuifel bij haar deur is. Een bruine envelop wordt onder haar deur geschoven. Op de envelop staat in krulletters:

Voor Liesbet

Om halfzeven wordt Liesbet wakker. Haar oog valt meteen op de bruine envelop op haar deurmat. Ze wipt uit bed en pakt de envelop. Ze herkent papa's handschrift. Ze scheurt de envelop open en kruipt weer onder haar deken. In haar handen houdt ze een verhaal. Papa's verhaal. Er zit ook een tekening bij. Liesbet vindt de tekening mooi. Ze laat haar vinger over de lantaarnpaal glijden. De lantaarnpaal verspreidt een zacht licht. In dat licht zit een uilenjong in dons met hier en daar een eerste veertje. Zijn gele ogen zijn wijd opengesperd... Hij kijkt dwars door Liesbet heen. Mooi, mooi, mooi.

Liesbet gloeit van trots. Dat haar papa zoiets moois kan maken.

Dan begint ze te lezen. Het is een avontuur van twee

jongens. Het is heel spannend, maar ook heel ontroerend. Het verhaal van August en papa. Met rode oortjes leest Liesbet het uit.

Bram

En dan is het zover. Bram, Liesbets neef, komt. Ze hebben al in de hut gespeeld. En vandaag zijn ze gaan zwemmen.

Ze lopen langs de trappen van de sporthal naar beneden.

"Weet je wat we doen?" zegt Bram. "In plaats van de bus te nemen, wandelen we naar huis. En van het geld voor de bus kopen we een ijsje."

Liesbet vindt het een prachtidee. Een ijsje lust ze wel.

"Oké, Bram."

Aan een ijskar kopen ze ijsjes. Liesbet neemt een hoorntje met chocoladeijs. Bram een waterijsje met sinaasappelsmaak. Met een slakkengang slenteren ze voort. De ijsjes smaken. Ze zetten hun tassen op de grond om van elkaars ijsje te proeven. Als Liesbet een likje van Brams waterijs neemt, komt er een oude heer langs. Hij loopt met een wandelstok.

"Jullie denken toch niet dat mijn ouwe benen over die tassen kunnen springen?" blaft de oude heer.

"Dat moet je vooral niet proberen," flapt Bram

eruit. "Het zou jammer zijn als je valt. Vooral voor die laatste tand in je mond."

Liesbet voelt het bloed naar haar hoofd stijgen. Beschaamd gooit ze de tassen tegen een gevel zodat de oude heer erlangs kan.

"Wel, jij onbeleefde vlegel," slist de tandeloze man.

Hij hinkt vloekend door. Nijdig pakt Liesbet haar tas op.

"Het is ronduit gemeen om zo tegen die oude meneer te beginnen," snauwt ze.

"Die ouwelui denken dat ze alles mogen. Hij hoefde toch niet zo uit zijn slof te schieten!"

Liesbet antwoordt niet. Bram kan de pot op, de onbeschofterik. Ze loopt door.

Bram heeft een grote mond. Maar aan ruzie heeft hij een hekel.

"Het spijt me," probeert hij het goed te maken.

Liesbet stapt in volle vaart door. Bram kan met moeite zijn nichtje bijbenen.

"Jij bent ook gauw op je tenen getrapt," moppert hij.

Liesbet bijt op haar lip. Ze vertikt het om ook maar een woord aan Bram te verspillen.

"In plaats van koppig te zijn, zou je beter eens uit je doppen kunnen kijken."

Loop naar de pomp, denkt Liesbet, daar tuin ik niet in. Bram wil me gewoon aan de praat krijgen. Ze stevent met haar neus in de wind door.

"Daar hing een brief met een baan voor je vader. Je hebt het niet eens gezien," verwijt Bram haar.

Een baan voor papa? Hij probeert me weer iets wijs te maken, denkt Liesbet. Misschien wil ik niet dat papa weer gaat werken. Het is veel fijner zo. Maar na de vakantie moet ik elke dag naar school. En dan zou papa alleen achterblijven. Hij zou het vast leuk vinden om dan weer te werken.

Liesbet aarzelt.

"Waar?" wil ze weten.

Bram knijpt zijn ogen tot spleetjes. "Ben je dan niet meer boos?"

"Afperser!"

"Ik ben bang dat ik helemaal geen brief heb gezien."

Bram loopt fluitend door.

"Goed, ik ben niet meer boos," roept Liesbet dan.

De brief aan het raam

Bram loopt een eind terug en blijft bij een groot gebouw staan. Hij wijst naar een raam. Aan het raam hangt een brief. Liesbet gaat op haar tenen staan en leest:

Dringend gevraagd:
Redacteur voor de kinderkrant.

"Een redacteur? Wat is dat?"
Bram kucht gewichtig.
"Een redacteur is iemand die teksten schrijft. Hij kiest ook stukken van andere mensen uit voor zijn krant. Een soort baas van de krant... Oom Rob heeft zo'n mooi verhaal geschreven... Dat is echt iets voor hem."
Liesbet is verrukt. Bram heeft gelijk. Dat is iets voor haar papa. Ze ziet haar papa al verhalen voor de kinderkrant verzinnen. Dat kan hij zo goed. En hij weet zo veel. Over dieren en planten en bomen en...
"We lopen als de bliksem naar huis. Papa moet hier onmiddellijk heen gaan," roept ze opgewonden.

Ze propt de rest van het hoorntje in haar mond. Al kauwend zet ze het op een lopen.

Bram en Liesbet rennen in één adem naar huis.

Ongedurig belt Bram aan. Beverig van het hardlopen grabbelt Liesbet naar het touwtje met de sleutel. Eindelijk heeft ze het te pakken.

Ze stormen het huis binnen en schreeuwen: "Oom Rob! Papa! Oom Rob!"

Geen antwoord. Op de keukentafel ligt een briefje:

We zijn boodschappen gaan doen.
Om halfzeven zijn we terug.
Grote honger na het zwemmen?
Er ligt vers brood in de trommel.

Papa en mama (voor Liesbet).
Oom Rob en tante Leen (voor Bram).

De chocoladesnor

Verdraaid. Liesbet verfrommelt teleurgesteld het papiertje. Ze mikt het nijdig in de prullenmand. Het wordt niets. Papa heeft zelf gezegd: "Je moet er als de kippen bij zijn. En dan kom je vaak nog te laat."

Bram leunt met zijn handen op tafel. Hij hijgt nog na van de holpartij. Dan klaart zijn gezicht opeens op.

"Ik weet het, Liesbet!"

"Hoezo?" Liesbet kijkt haar neef vragend aan.

"Jij kunt in oom Robs plaats met die mensen gaan praten."

"Ben je gek? Ik durf niet... Ik..."

"Als je vader die baan mist, is het jouw schuld."

Bram kijkt onverbiddelijk de andere kant op.

Hij zou wel eens gelijk kunnen hebben.

"Misschien..." hakkelt Liesbet toegeeflijk.

Bram snapt dat het licht op groen staat. Er moet tot actie worden overgegaan.

Voor ze nog iets kan zeggen, pakt Bram Liesbets arm. Hij sleurt haar de trap op.

"Je moet iets nets aantrekken. Een jurk of zo. Ondertussen leg ik het verhaal klaar. En waar vind ik een foto van oom Rob?"

"Een foto? Gut, dat weet ik niet. Hij heeft alle pasfoto's met die brieven verstuurd."

Liesbet trekt de blauwe jurk aan, die oma kocht voor het huwelijk van tante Sien.

"Toch moet je een foto meenemen als je een baan wilt. Euh... Pak die uit je fotoalbum."

"Daar staat papa maar half op," foetert Liesbet terwijl ze haar haar in een paardenstaart bindt.

"Dan zeg je maar dat de andere helft precies zo is."

"Als jij het zegt... Zeg, is die jurk niet wat overdreven?"

"Nee, je ziet er keurig uit. Zo hoort het."

Toch is er wat vreemds aan zijn nicht. Maar Bram weet niet zo goed wat. Liesbet is al vertrokken als er bij Bram een licht opgaat. IJlings sleurt hij het bovenraam open.

"Je hebt een chocoladesnor," tiert hij naar de blauwe stip die haastig om de hoek verdwijnt.

De tijgerin

In de hal staat Liesbet zenuwachtig rond te draaien. Een juffrouw met witblond haar achter de balie wenkt haar.

"Kan ik je helpen?"

"Euh... Het is voor werk," zegt Liesbet. Haar stem beeft en haar knieën knikken. Ze richt haar ogen op de lange nagels van de juffrouw. Zulke lange nagels. Die juffrouw lijkt wel een tijgerin. Liesbet draait zich om en wijst naar de brief op het raam. De tijgerin kijkt Liesbet met gapende mond aan en schiet in de lach.

"Kinderarbeid is verboden in ons land, mijn beste kind."

Ze komt van achter de balie en legt haar handen in Liesbets nek. Liesbet voelt een van de nagels in haar hals. Ze huivert. Liever de afgeknauwde maantjes van mama dan zulke klauwen.

"Het is niet voor mij. Het is voor mijn papa. Ik..."

"Je papa is oud genoeg om zelf te komen. Ik heb nog heel wat werk," snibt de tijgerin. "Ga maar vlug naar huis."

Haar stem weergalmt door de gang. Een deur zwaait open.

In de deuropening staat een man in een grijs pak.

"Wat gebeurt hier?"

De juffrouw krijgt een kleur. Ze peutert met haar grijpklauwen aan een knoop van haar bloes.

"Dat kind valt me lastig, meneer. Ze komt werk vragen voor haar vader. Ik heb net uitgelegd dat..."

"Is dat zo?" vraagt de man. Hij kijkt geamuseerd naar het meisje met de chocoladesnor.

"Ja, meneer."

"Kom maar mee," zegt de man.

Wit, wit en nog eens wit

Liesbet trippelt achter hem aan. In de kamer van de man is alles wit: de muren, de gordijnen, de vloer. Liesbet kijkt haar ogen uit. Alleen de kamerplanten zijn groen en die staan dan ook nog eens in witte bloembakken. De man wijst naar een witte leunstoel.

"Ga toch zitten," zegt hij vriendelijk. Hijzelf gaat in een stoel achter de schrijftafel zitten.

"Het is ongebruikelijk dat ouders hun kinderen sturen voor werk."

Liesbet schrikt. "Dat heeft papa ook niet gedaan, meneer."

De wenkbrauwen van de man gaan omhoog.

"Zo, zo, jongedame, leg eens uit."

De man kijkt Liesbet vriendelijk aan. Ze is niet meer zo zenuwachtig als bij de juffrouw met de klauwen.

"Toe maar," moedigt hij Liesbet aan.

Dat zetje had Liesbet nodig. De woorden vloeien als een waterval uit haar mond. Ze vertelt dat Bram en zij na het zwemmen de brief op het raam ontdekten. Dat ze de baan echt iets voor papa vonden.

"Hij schreef zo'n prachtig verhaal. En hij maakte er

zo'n mooie tekening bij."

Liesbet legt uit dat papa niet thuis was. En dat Bram vond dat zij maar moest gaan. Ze kletst aan één stuk door.

"De baas van papa is heel dik en paft de hele dag sigaren. Hij is een grote idioot, meneer, om een man als papa weg te sturen. Ziet u, mijn papa kent een heleboel talen. Hij weet alles over dieren, planten en vreemde landen, meneer."

De man luistert aandachtig.

De fietstochten, pafferige Jaap, de dierentuin, de aardappelen in de schil... Liesbet vergeet niets. Alleen het verhaal van de vliegenvanger vertelt ze niet.

Trots legt ze het verhaal en de tekening op de

schrijftafel. Ze schuift ook de foto van papa voor de neus van de man.

"Papa staat er niet helemaal op, meneer. Maar de andere helft is precies zo."

Liesbet heeft Brams woorden goed in haar oren geknoopt.

Met een verkrampt gezicht duikt de meneer in een lade van zijn schrijftafel. Zijn rug gaat op en neer.

Waarom doet die man zo raar? vraagt Liesbet zich af. En dan snapt ze waarom. Hij lacht om die foto. Wat ben ik toch een oen, denkt Liesbet.

Het hoofd komt weer tevoorschijn. Het verkrampte gezicht ontspant zich. Er rest alleen een krullip.

"De foto overdonderde mij nogal," mompelt de man. "Zelf genomen?"

Liesbet knikt.

"Ik vond geen pasfoto," bekent ze met rode wangen.

De man stelt Liesbet gerust. "Maakt niet uit. Ik kan me je vader levendig voorstellen dankzij die foto."

"Maakt papa een kans op die baan, meneer?"

"Ik zeg geen ja en ik zeg geen nee, jongedame. Ik wil eerst een onderhoud met je vader."

"Een onderhoud?"

"Euh... Ja, een gesprek."

Liesbet vindt het wel jammer dat die meneer niet meteen ja zegt. Ze was graag thuis gekomen met de boodschap: 'Papa, ik heb een baan voor je gevonden.'

De man bladert vol belangstelling door het verhaal, leest lukraak een paar zinnen en bekijkt de tekening.

"Vanavond zie ik een vriend. Hij geeft kinderboeken uit. Ik zal hem het verhaal eens voorleggen. Naar mijn mening... Het is natuurlijk een eerste indruk... Is het verre van slecht."

"Euh... Dank u, meneer," stamelt Liesbet. Heeft ze dat wel goed begrepen? Misschien wordt papa's verhaal een boek? Als dat eens waar kon zijn!

"Wat de baan betreft, verwacht ik je vader morgenochtend stipt om tien uur. En nu moet je opstappen, jongedame, ik moet nog naar een vergadering."

Liesbet zou de wereld kunnen omhelzen. Misschien heeft ze een baan voor haar papa gevonden. Misschien komt er een boek. Ze zou kunnen dansen. Maar ze doet het niet. Dat zou geen gezicht zijn in het kantoor van die meneer.

Ze schudt zijn hand. In de hal kijkt ze niet om naar de tijgerin. Dan snort ze groothartig de straat op.

De gemene ploert

Bram is lijkbleek. Liesbet zit naast hem op haar lip te bijten. Papa's vuist komt met een dreun naast de botervloot op tafel terecht. De kopjes rinkelen ervan.

"Als ik niet beter wist, zou ik jullie eens een ouderwets pak rammel verkopen," buldert hij. "Denken jullie misschien dat ik mijn eigen boontjes niet kan doppen?"

Bram kijkt met lede ogen naar oom Rob. Hij ijsbeert al een halfuur door de keuken. En brullen dat hij doet! Hij kan van katoen geven. Dat wist Bram niet.

"Dat heb je als je vriendschappelijk omgaat met kinderen. Ze kennen geen grenzen meer," schreeuwt papa. "Ze halen zich van alles in hun hoofd. Ze gaan waarachtig in jouw plaats werk zoeken. Vooruit, naar je kamer, geef dat verhaal onmiddellijk hier voor je er iets anders mee uithaalt."

"Ik kan niet, papa," piept Liesbet onverstaanbaar. "Die meneer heeft het nog."

"Wat moet die druiloor ermee? Zijn open haard aanmaken?"

"Hij ging het verhaal aan een vriend laten zien. Een

uitgever van kinderboeken," fluistert Liesbet bang.

Papa balt zijn vuist. "De maat is nog niet vol! Nou heeft die krantenbaas ook nog je hoofd op hol gebracht. Kleine meisjes uithoren en met een kluitje het riet in sturen. Ik ga die gemene ploert morgenochtend eens flink de waarheid vertellen."

"Gelijk heb je," doet mama er nog een schepje bovenop. "Ga die vent maar eens goed zijn vet geven."

Gemene ploert? Valserik? Zo is die meneer helemaal niet. Hij is juist heel vriendelijk.

"Het is echt een aardige meneer, papa."

"Een aardige meneer, een aardige meneer," schreeuwt papa razend van woede. "Ik wil niets meer horen. Hop, naar boven. Laat jullie niet meer zien. Jullie gaan mijn avond niet ook nog bederven."

Liesbet kijkt wanhopig naar haar mama. Ze krijgt geen steun.

"Je hebt papa toch begrepen?!" zegt mama streng.

Terneergeslagen lopen Bram en Liesbet de trap op. De grote heldendaad is in slechte aarde gevallen.

Geslagen hondjes

Liesbet en Bram zitten aan de tuintafel. Ze vullen een kruiswoordraadsel in. Vanochtend zijn ze wakker geworden toen papa de deur achter zich dichtknalde. Het hele huis daverde. En nu ruikt het naar worteltjes. En hij is nog niet terug.

Vanavond komen oom en tante Bram weer ophalen. Bram kan alleen maar hopen dat ook zij niet boos worden.

"Ik denk dat ik papa hoor," fluistert Liesbet. Bram luistert aandachtig.

"Je hebt gelijk," zegt hij.

De keukendeur die naar de tuin leidt, zwaait open.

"Jullie blijven buiten," roept papa streng. Hij trekt de keukendeur weer dicht. Dat belooft weinig goeds.

Bram en Liesbet laten het kruiswoordraadsel voor wat het is. Versteend staren ze naar de keukendeur, die potdicht blijft. De tijd verstrijkt. Ze durven niet naar de keuken te gaan. En dan opeens horen ze geschater in de keuken. Ze kijken elkaar stomverbaasd aan.

"Naast de leeuwenkooi," horen ze papa nog zeggen als de deur eindelijk weer openzwaait.

"Kom nu maar." Zijn stem klinkt iets minder boos.

Als twee geslagen hondjes lopen ze naar binnen. Ze gaan braaf aan de keukentafel zitten. Klaar voor een nieuwe lading gemopper.

Apachen in de keuken

"Zoals ik gisteren al zei," begint papa, "ik kan niet goedkeuren wat jullie uitgespookt hebben. Jullie hebben je met mijn zaken bemoeid en... Ach, ik ben dat preken moe," roept hij naar mama. En dan brult hij uit volle borst: "Ik heb die baan. Ik ben redacteur van de kinderkrant... En misschien komt er ook een boek!"

Bram en Liesbet weten geen raad met zichzelf. Als wilde apachen dansen ze in het rond. Ze slaken vreugdekreten. Papa houdt de deegrol voor zijn mond alsof het een fluit is. Hij bespeelt die luidkeels. Ondertussen wipt hij steeds om de tafel.

"Je moet alleen nog een narrenkap op," murmelt mama. Ze krijgt tranen in haar ogen omdat papa zo blij is.

Bram, Liesbet en papa krijgen er maar niet genoeg van. Als scorende voetballers tuimelen ze over elkaar.

"Schei uit! Ik krijg buikpijn van het lachen," gilt mama.

"Ik moet je ouders bellen," roept ze naar Bram. "Ik kan niet meer wachten om het goede nieuws te vertellen."

Ze hangt al aan de telefoon. "An, je gelooft het niet... Rob heeft een baan... Ja... Redacteur van een kinderkrant... Bram en Liesbet zagen een brief... Stel je voor... Ja, Liesbet in Robs plaats... Brams idee... Ja, ja een boek... Maar dat is nog niet zeker..."

Mama ratelt erop los. Ze doet alles uit de doeken. Na een halfuur is ze nog niet uitverteld.

"Denk aan de telefoonrekening..." knarsetandt papa. "We zijn geen miljonairs..."

"Nog niet," plaagt mama. "Maar dat komt gauw. Jij bent nu redacteur..."

"Straks geloof je het zelf nog..." mompelt papa.

Na een uur bellen legt mama eindelijk de hoorn op de haak.

"Wat een geklets," lacht papa. "Als je je tong in een kom water zou steken, dan zou die sissen van al dat praten."

Naast een duur telefoongesprek haalt mama zich nog andere kosten op de hals.

"An en Koen komen je nieuwe baan vieren. Haal de barbecue maar uit de schuur. Ik ga boodschappen doen."

"Prima idee." Papa loopt luid fluitend de tuin in.

Een pen en een wintermuts in de zomer

De bel gaat. Bram en Liesbet stuiven naar de voordeur. Bram omhelst zijn ouders.

"Leuke logeerpartij gehad, Bram?"

"Zalig, mama!"

"Waar is mijn broertje, de nieuwbakken redacteur?" lacht tante An dan.

"Hier!" Papa staat schaapachtig in de deuropening van de keuken te zwaaien.

Tante An stormt op hem af en geeft hem een zoen.

"Proficiat, broertje!"

Oom Koen geeft papa een schouderklop en duwt een pakje in zijn handen.

Papa prutst het pakje open. Mama, Liesbet en Bram kijken nieuwsgierig toe. Mama slaakt een gil. Het is een prachtige pen met papa's naam erop.

"Ho... Dat hoefde echt niet... Zo'n mooie pen... Wel bedankt," stamelt papa.

"We hebben ook iets meegebracht voor Bram en Liesbet. Ze hebben je tenslotte aan die baan geholpen."

Uit een draagtas vist tante An nog twee pakjes op.

Haastig worden de pakjes geopend. Een duikbril en een snorkel. Bram en Liesbet rennen juichend de tuin in.

Het wordt een heerlijke avond. De mannen gaan om beurten achter de barbecue staan. Mama en tante An praten zonder ophouden.

Liesbet en Bram vinden het zonde dat ze de duikbrillen en de snorkels niet meteen kunnen proberen. Als de tuinfakkels al branden, heeft Bram een inval. Hij tikt tegen zijn voorhoofd.

"Maar natuurlijk..." lacht hij. "We kunnen de duikbrillen en de snorkels in een emmer water proberen."

Dat ze daar niet eerder aan gedacht hebben! Ze dompelen om beurten hun hoofd in een emmer.

Tante An en oom Koen willen naar huis. Bram en Liesbet hebben allebei een druipnat hoofd.

"Oh nee," zeurt tante An. "Zo worden jullie verkouden."

Mama wikkelt een badhanddoek om Liesbets hoofd. Bram krijgt een wintermuts op zijn hoofd geplant.

"Een muts in augustus," pruttelt hij.

"Die muts blijft op je hoofd tot we thuis zijn. Punt uit," zegt tante An streng.

Er wordt uitgebreid afscheid genomen. Luid toeterend rijden ze weg.

"De buren," sist papa tussen zijn tanden. "Nachtlawaai is strafbaar..."

"Voor één keer mag het," lacht mama.

Met hun armen om elkaar heen lopen mama en papa naar binnen.

De eerste dag

Liesbet kijkt of alles in haar schooltas zit. Ze heeft een raar gevoel in haar buik. Dat heeft ze altijd de eerste dag van een nieuw schooljaar. En zeker nu. Voor het eerst een meester. Ze ontbijt als een muis. Ook papa wurmt met moeite een halve boterham naar binnen. Voor hem is het de eerste dag dat hij voor de krant gaat werken. Hij neemt een zuinig slokje van zijn koffie en kijkt Liesbet met pretogen aan.

"De kinderkrant verschijnt niet in de grote vakantie. Ik hoef het grootste gedeelte van de vakantie niet te werken."

Liesbet kijkt verrast op.

"Echt?"

Papa knikt.

"Dan kunnen we weer uitstapjes maken, bedoel je?"

"Ja."

"En dan moet ik weer elke dag aardappelen in de schil eten," griezelt mama.

"Aardappelen in de schil zitten boordevol vitaminen," roept Liesbet onmiddellijk.

Mama glimlacht. Liesbet en papa kunnen het zo

goed met elkaar vinden. Fijn is dat.

"Ik wandel nog even met Liesbet naar school," zegt papa.

"Goed," lacht mama.

Liesbet poetst haar tanden. Ze wast haar handen en trekt haar jas aan. Mama knijpt in Liesbets wang. Ze geeft haar een zoen op haar voorhoofd.

"Ik hoop dat je een leuke leraar krijgt."

Dan gaat ze voor papa staan.

"En voor jou een fijne eerste werkdag."

Papa omhelst mama. Hij geeft haar een piepklein tongzoentje. Dromerig tuurt mama Liesbet en papa na.

Hand in hand lopen ze het tuinpad af. Ze voelen zich blij en zenuwachtig tegelijk. Dan wandelen ze de straat op. Ze wippen over mevrouw Bloedneus en tikken tegen de paal.

"Dag August," roepen ze in koor.